KB220601

김종상 동시집

밤송이와 까치집

어른들도 함께 읽어주길 바라며

동시집을 낸다는 것은 수월찮다. 펴내도 잘 팔리지 않고 또 나이를 먹은 나 같은 사람의 동시집은 출판사에서 예우해서 내주는 경우도 드물다. 정부와 지원 단체들이 출판비를 많이 지원한다지만 나와는 전혀 인연이 없었다. 자비로 내어서 제자들에게 읽히고 지인들과 나누어 갖는 것이 전부였다. 그렇게 해온 지가 마흔아홉 번째다. 동시집을 49권 펴냈다는 뜻이다.

그래도 기쁘게 생각한다. 동시는 사랑의 노래다. 천지만물을 사랑의 대상으로 파악한다는 것이 더없이 즐겁다. 그래서 동시를 쓰는 동안에는 마음이 편안하고 내가 무엇을 쓸 수 있다는 것이 행복하다. 또 원고를 부탁해온 잡지사 쪽에서는 고마워한다. 이 것은 내가 즐겁고 남을 기쁘게 하는 일이라 지금도 세 개 문학 월간지에 매월 동시 관계 글을 연재하고 있다.

동시마다 작품 끝에 발표한 곳과 날짜를 밝힌 것을 보면 알겠지만 여기 동시들을 발표한 책은 어린이들을 위한 책보다 어른들이 읽는 문학지들이 대부분이다. 그러다보니 알게 모르게 어린이와 함께 어른들이 읽을 것을 의식한 동시들이 많다. 외국처럼 어린이들이 읽을 것과 어른들이 읽을 것에 선을 긋지 않았다. ≪아동문예≫가 표방하는 것이 '온 가족이 함께 읽는 아동문학'이다.

이 점을 생각한다면 내 동시가 ≪아동문예≫의 앞선 생각에 부합하는 지도 모르겠다. 이 동시집이 어린이와 함께 어른들도 좋아할 작품집이 되었으면 하는 바람이다. 코로나19로 모두가 어려워 하는 때에 선뜻 동시집을 내주신 발행인 안종완, 편집주간 박옥주 님께 고마운 정을 보낸다. 또 예쁜 그림을 주신 김유경 님께도 감사한다.

2021년 가을에 김종상

*1*부 **겨울 창가에서**

2부 꽃들의 불꽃놀이

3부 또래끼리만

4부 밤송이와 까치집

5부 수박 먹기

6부 할머니의 농장

제1부 겨울 창가에서

가을 소리

사락 사락 사락…
뜰 안을 지나가는
소슬한 바람 소리

자박 자박 자박…
맥없이 걸어가는
단풍잎 발길 소리

끼륵 끼륵 끼륵…
높아간 가을 하늘
쓸쓸한 철새 소리.

-『淸溪文學』 제30호. 2020. 가을.

갓바위 부처님

절 한 번 하고 보니
눈을 곱게 뜨십니다

절 두 번 하고 나니
입을 벙긋 하십니다

삼 세 번 절을 하니
빙그레 웃으십니다.

– 대구문화재지킴이 『문화재는 내 친구』 제12호. 2020. 11.

갯벌

이웃집 엄마와 아빠는
피부색이 다르다고
다문화 가족이라 해요

바닷가 갯벌에는
게, 조개, 꼬막, 낙지에
갯강구, 갯지렁이까지
어울려 살고 있어요

몸 색깔도 생김새도
모두가 서로 다른
다문화 마을이어요.

– 「대구아동문학회 년간집」 제63호, 2021.

거미 볼펜

거미는 볼펜입니다
궁뎅이로 잉크가 솔솔
공중에 그림을 그립니다

거미 볼펜의 그림은
하늘 바다에 쳐놓는
고기잡이 그물망입니다

공중을 헤엄치던
나비와 잠자리들도
함께 그림이 됩니다.

– 『아동문학평론』 제178호. 2021 봄. 내 시의 모티브.

건널목에서

빨강은 조심하라는 뜻이에요
건널목 신호등 네모 속에
빨강 사람 나오면 멈춰 서요

초록은 안전하다는 뜻이에요
건널목 신호등 네모 속에
파랑 사람 나오면 건너가요.

학교길 건널목 신호등에는
선생님 같은 사람이 있어
언제나 우리를 보고 있어요.

ㅡ 『어린이문학』 제126호, 2021. 가을.

겨울 비둘기

낡은 여름옷 그대로
겨울을 나는 비둘기

해님도 추위에 쫓겨
일찍 지는 저녁나절

언 발로 눈을 헤치며
얼음 쪽을 쪼아보지만

허기를 면할 길은 물론
추위를 피할 곳도 없어

오늘 밤도 찬바람 맞으며
노숙하게 될 겨울 비둘기

－『詩歌흐르는서울』 제49호. 2021. 1.

겨울 창가에서

계절은 번갈아 바뀌는
네 폭의 가리개 그림

겨울이 온 지금은
빨강 노랑이던 자리에
하얀 그림이 그려지네

눈이 그린 그림을 보며
새 날을 기다리는 나도
하얀 색으로 칠해질까

겨울 창가에 앉아서
봄을 기다리는 마음은
함박눈처럼 설레는데

아! 너무 넓고 멀구나
새하얗게 바뀐 세상은.

– 『어린이문학』 제123호. 2020. 겨울.

계절 옷

철마다 갈아입는
산과 들의 계절 옷

봄옷은 분홍 · 연두 꼬까옷
여름옷은 진초록의 하절옷
가을옷은 빨강 · 노랑 색동옷
겨울옷은 하얀색의 솜 외투

계절도 개성을 살려
제멋에 옷을 맞춰 입는다.

– 『대구아동문학회 연간집』 제62호. 2020. 첨삭.

공원의 비둘기

공원 의자에 앉았는데
비둘기가 다가왔다

먹던 과자 부스러기를
조금 나눠 던져주었다
너무도 맛있게 먹었다

그것이 살과 뼈가 되어
그의 몸무게를 더하고
사는 힘을 보탤 것이다

내 조그만 보시가
비둘기의 몸 속에서
새로운 삶을 줄 것이다.

- 『문학타임』 제39호, 2021. 가을.

광고풍선

사람을 닮은 풍선이
두 팔을 높이 쳐들고
공중을 휘젓고 서있다

목을 꺾었다가 세우고
허리를 굽혔다 뒤틀며
몸부림을 치고 있다

몹시 괴로운 몸짓으로
가게를 손가락질 한다
광고풍선 고생이 많다.

- 『강서문학』 제32호. 2020. 12.

그 때 그 모습으로

학교 가는 둑길에
코스모스가 피었다

지난해에 나하고
사진 찍었던 코스모스다

일 년이 지났는데도
나를 생각하고 있었나 봐

그 때 그 모습으로
그 자리에 기다리고 있다.

– 「瑞石文學」 제59호, 2021 가을.

그리마

벽에 그리마가 기어가고 있었다
엄마가 제일 싫어하는 벌레다
발이 많아서 더욱 징그럽단다

들고 있던 부채로 탁 쳤더니
방바닥으로 굴러 떨어졌다가
다시 벽으로 기어 올라간다

다리가 몇 개 떨어졌는데도
훨씬 더 재빠르게 기어간다

그리마는 이럴 때를 대비해서
다리를 많이 가졌나 보다
절룩거리지도 않고 간다

다리 몇 개를 잃은 장애로도
불편 없이 살아갈 것 같다
나는 부채를 내려놓고 말았다.

－『淸溪文學』 제33집. 2021. 여름.

그 아이 생각

우리 집 건너편
그 아이네 집

오늘 밤도 창문에
등불이 빤하다

동화책을 읽는지
내 생각을 하는지

그 아이 눈처럼
등불이 깜박인다.

ㅡ「사상과 문학」 제45호. 2021. 봄.

글자는 기억세포

글자는 까아만 기억세포
"옛날에 마음 착한 호랑이가…"

할머니께 들은 옛날이야기가
까아만 글자로 종이에 박혀서

"호랑이가 사람에게 효도했지."
가만가만 나에게 속삭여줘요

글자 하나하나는 기억 세포
잊었던 이야기를 일러줘요.

– 『강서문학』 제32호. 2020. 12.

공부 시간에

피리를 잃은 날이었어
공부를 하고 있는데
무슨 소리가 들려 왔지

가만히 귀를 기울이
전철에 두고 온 피리
나를 부르고

마음이 선
냉방간 가운
피리가 기다리고 있었어

"반갑다. 여기 있었구나."
찾아낸 피리 곁에 앉으니
나도 잃어버린 아이가 됐어

전차는 계속 달려가고
달려가는 전차에 실려

나도 시간도

그 순간부터
지우개로
흐려져 가

깜짝 놀라
동무들이
공부시간

- 《문학타

기다리고 있었구나

봄 오는 오솔길을 걸으며
길가에 핀 풀꽃을 본다

냉이, 유채, 민들레, 제비꽃
새 얼굴들이 반겨준다
나를 기다리고 있었구나

여름 들길을 걸으며
길 따라 핀 꽃들을 본다

메꽃, 꿀풀, 봉숭아, 엉겅퀴
새 웃음들이 맞이한다
나를 기다리고 있었구나.

– 『한국창작문학』 여름호. 2020.

제2부 꽃들의 불꽃놀이

깜박 속았다

소나기가 그쳤다
밖을 보다가

마당이 꺼졌다고
깜짝 놀랐다

빗물이 고여서
깜박 속았다.

- 『소년문학』 제341호, 2021. 4.

꽃

온몸의 즙으로
꿀을 빚어서

벌 · 나비를 불러
접대를 해요

씨앗을 맺도록
도움을 받고는

씨앗이 맺으면
다 떨어집니다.

- 『한국문예』 동인지 제5호. 2021.

꽃과 나비

꽃밭이 가꾼 꽃들은
나비가 되고 싶어
꽃잎이 팔락이며
공중으로 날아가고

공중이 기른 나비는
꽃이 되고 싶어
날개를 곱게 접고
꽃대에 내려앉네.

– 문학세계 『하늘비 산방』 제11호. 2020.

꽃들의 불꽃놀이

여름 산기슭 풀밭에서
누가 불꽃놀이를 한다

쓩! 하고 쏘아 올리면
펑! 하고 둥글게 펴지는

노랑, 빨강, 둥근 꽃불
산부추, 원추리, 나리꽃.

－『詩歌흐르는서울』제44호. 2020. 8.

꿈속에서

엄마를 따라가려다
꾸중 듣고 잠든 동생

엄마의 헌신짝 속에
제 신발을 넣어놓았다

동생은 꿈속에서도
엄마를 따라가나 봐.

－『소년문학』 제338호. 2021. 1.

나는 나무다

발을 담는 것이
신발이니
내 신발은 땅덩이다

머리에 쓰는 것이
모자이니
내 모자는 하늘이다

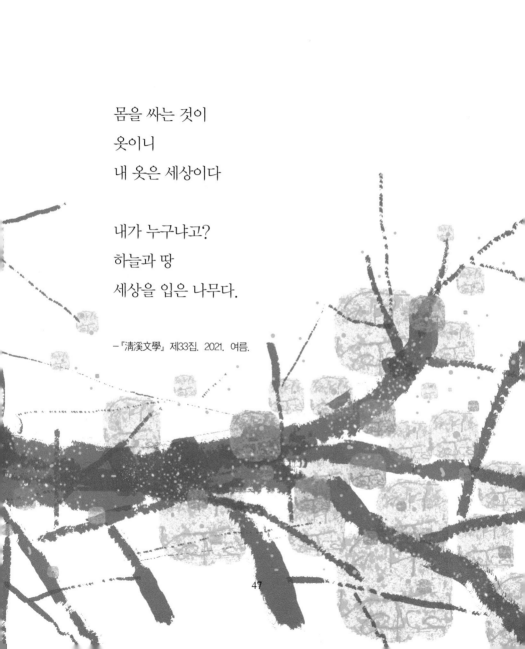

몸을 싸는 것이
옷이니
내 옷은 세상이다

내가 누구냐고?
하늘과 땅
세상을 입은 나무다.

－『淸溪文學』 제33집. 2021. 여름.

나도 그랬다

싸락눈을 쓸어다가
빙판길에 깔아놓고

눈썰매를 타고 노는
신이 나는 눈바람들

어릴 적 나도 그랬다
비탈길에 깔판썰매.

- 『강서문학』 제33호. 2021. 겨울.

나무와 바람

나무는 바람이 좋아
잎으로 손짓해 부르고

바람은 나무가 좋아
달려와 가지를 흔든다

나무는 바람이 오면
짝짝짝 손뼉을 치고

바람은 나무에 매달려
시시덕거리며 논다.

– 『한국문예』 2021. 여름호. 권두시.

난초 향기

요람에 누운 아기의
금붕어 입만 같은
고 입술에서 풍기는
젖 냄새 같은 것

꼭 엄마를 닮은
우리 누나의
머리칼을 스쳐오는
바람 냄새 같은 것.

－『새바람아동문학』 제32집. 2020.

내 생각을

전학 간 친구가
눈앞에 삼삼하다

낡아서 버린 가방도
자꾸만 생각난다

헤어지고 나서도
잊혀지지 않는 것은

그들이 내 마음에
남아있기 때문이다.

- 『현대문예』 제115호. 2021. 여름.

너

가슴에 담아도
가두지는 못 하고

마음대로 떠나도
잡을 수가 없으니

너무 넓고 춥구나
네가 없는 빈자리.

－『한국문예』 동인지. 제5호. 2021.

노랑나비는

노랑나비는 자기가
노랑꽃잎인가 하고

유채꽃도 돌아보고
민들레에도 앉아보고

잠시도 쉬지 않고
노랑꽃만 살핍니다

하양나비는 자기가
하양꽃잎인가 하고

목련꽃도 살펴보고
산벚나무도 가보고

종일을 들로 산으로
하양꽃만 찾습니다.

– 『詩歌흐르는서울』 제55호, 2021. 7.

누군가는 함께

혼자 길을 가고 있는데
누군가 나를 보고 있다

풀꽃이 눈을 반짝였다
나무들이 손짓을 했다

혼자라고 생각했는데
모두가 말을 걸어온다

골짝물이 졸졸거렸다
산바람이 소곤거렸다

나는 혼자가 아니었다
많은 것이 함께 있다.

－「다온문예」 제16호. 초대시. 2021. 봄.

눈과 눈

눈(雪) 구경을 하다가
눈(目)에 눈(雪)이 들어가

눈(目)에서 눈(雪)이 녹아
눈(雪, 目)물이 되었어요

그러면
흐르는 물은
눈(雪)물일까 눈(目)물일까요.

−『어린이문학』제125호. 2021. 여름.

눈물 사람

눈으로 빚었지만
눈사람이 아니다

해님이 비치니
온몸이 눈물이다

눈사람이 아니라
눈물 사람이다.

- 『詩歌흐르는서울』 제48호. 2020. 12.

제**3**부 또래끼리만

눈에 덮인 세상

세상이 눈에 덮였습니다
집들이 사라진 마을에는

흰 면사포를 쓴 덩치들이
꿇어 엎드려 있습니다

하늘이 나즉히 내려와
엎드려 있는 덩치들의
하얀 어깨를 쓸어줍니다

사방이 눈으로 덮여
산마을에 살던 꿩이
저를 잃어버렸나 봅니다

어디선가 꿩, 꿩, 꿩!
자신을 부르고 있습니다.

-『어린이문학』 제123호. 2020. 겨울.

달 웃음

보름달은 벙실벙실
둥그런 큰 웃음

초승달은 생글생글
간지러운 눈웃음

그믐달은 눈을 감고
몰래 웃는 속웃음

뜨는 날에 따라서
달라지는 달 웃음.

– 『어린이문학』 제126호. 2021. 가을.

닮고 싶어서

창틀의 화분에서
빨강 보라 과꽃이
하늘을 쳐다본다

창밖의 화단에서
해바라기 꽃들도
하늘만 바라본다

꽃들은 모두가
하늘을 우러러
해님을 닮게 핀다.

– 『문학타임』 제38호. 2021. 여름.

돌부처

온몸을
바위로 싸고

세상에 오신
부처님

석공이
바위를 벗기니

빙그레
웃으며 나오신다.

- 『문학타임』 제38호. 2021. 여름.

64

딱지

살갗이 벗겨져
피가 번져 나와
딱지가 앉았다

너무 가려워서
자꾸 긁게 된다

솔껍질이 벗겨져
송진이 흘러나와
딱지가 되었다

소나무는 가려워도
꾹 참고 견딘다.

- 『문학타임』 제38호. 2021. 여름.

떡잎은

씨앗에서 싹 트는
파란 떡잎 두 장

하늘을 쳐다보며
두 팔을 쳐들고

제 세상이라고
만세를 부른다.

-『詩歌흐르는서울』 제51호. 2021. 3.

또래끼리만

아기들은 아기들을 좋아하고
일학년은 일학년과 어울리고
우리는 우리 또래들만 찾는다

참새는 참새끼리 몰려다니고
비둘기는 비둘기끼리 노는데
제비는 제비끼리 날아다닌다

하얀 꽃엔 하얀 햇살 비치고
노란 꽃엔 노란 햇살 내리고
빨간 꽃엔 빨간 볕살 모인다

사람도 또래들만 서로 찾고
새들도 저희끼리 모여 놀고
햇살도 제 빛깔을 찾아간다.

– 『울산아동문학』 2021. 여름.

만물병원

마을 길가에 병원이 있어요
야전군 초소 같은 단칸 집에
만물병원이란 간판을 달고
병원장이고 의사인 노인이
혼자 무엇이나 다 고쳐요

환자는 고장 난 지퍼퍼에서
옆구리 터진 운동화까지
오만가지 자잘한 것이지만
만물병원으로 오게 되면
모두가 소중한 환자에요

휴게실이 치료실이고
기다리는 대기실인데
환자들 입원실도 되어요

환자들은 언제나 밀려요
이빨이 무디어진 부엌칼
바퀴 빠진 세발자전거며
밑창 떨어진 소가죽 구두
자물쇠 고장 난 여행 가방
모두 원장 손을 기다려요

원장은 어떤 병도 다 고쳐요
환자는 절망한 얼굴로 왔다가
환한 모습으로 돌아간답니다

만물병원은 환자가 밀리고
노인 병원장은 항상 바빠요
그래서 가는 세월을 몰라요.

– 『사상과문학』 2021. 여름.

72

맞으면

신이 발에 맞으면
걷기가 편해요

옷이 몸에 맞으면
지내기가 좋아요

마음이 서로 맞으면
사랑하게 되어요.

-『문화와문학타임』 제36호. 2020.

매실나무

뜰 앞에 선 매실나무가
오늘 꽃을 활짝 피웠다

– 야! 큰 꽃다발이 되었다
동생이 손뼉을 짝짝 쳤다

– 갑자기 뜰이 환해졌네
엄마 얼굴이 꽃처럼 밝다

– 매실이 잘 열리려나
아빠가 나무를 쳐다본다

매실은 위장, 호흡기 등
여러 가지 병에 좋다며

할아버지는 많이 열리면
따서 술을 담그라 하신다

매실나무는 잘 알겠다며
꽃을 더 높이 들어 보였다.

– 문학세계 『하늘 비 산방』 제11호. 2020.

먼지들도

깔고 앉았던 방석을 터니
먼지가 풀썩 날아오른다

창으로 비쳐드는 햇살에
수많은 먼지 알갱이들이
살아서 달아나는 것 같다

강 위의 철새들이 생각난다
햇살에 날개를 반짝이며
하늘을 덮어 날던 철새 떼

방석에서 떨어진 먼지들이
활짝 열린 창문 밖으로
떼를 지어 몰려나간다

강 위를 날던 철새들처럼
무리 지어 어디로 날아간다.

– 「대구아동문학회」 연간집. 2020.

물걸레질

엄마가 물걸레로
유리창을 닦는다

주룩주룩 비 내리는
창밖 하늘을 보니

구름도 하늘을
물걸레질하고 있다.

- 『한국문예』 제4호. 2020.
- 『꽃들의 가족사진』 2020.

물그릇 (1)

샘은
물그릇이다

내가
샘물을 마셨다

내가
물그릇이 됐다.

－『어린이문학』 제124호. 2021. 봄.

물그릇 (2)

세상에서
제일 귀여운 물그릇은

소꿉놀이하는 아기의
도토리 깍지 물그릇

세상에서
제일 무서운 물그릇은

지구를 물바가지로 한
바다라는 물그릇.

-『어린이문학』 제124호. 2021. 봄.

물웅덩이를 보니

물웅덩이를 보니
내가 물속에 있다

물결이 흔들리니
나도 흔들린다
속이 메스꺼워진다

물맴이가 뱅글뱅글
동심원을 그린다

물매미를 따라서
눈이 뱅글뱅글
내가 어지러워진다.

– 『한국창작문학』 제24호, 2021, 가을.

제**4**부 밤송이와 까치집

물웅덩이를 보며

소꿉놀다 버려둔 물웅덩이에
물풀이 자라고 이끼가 낀다

물벌레와 송사리도 생겨서
새와 짐승이 사는 숲과 같다

우리 사는 세상이 있는 법도
이렇게 만들어진 것은 아닐까?

－「강서문학」 제32호. 2020. 12.

바람개비

바람개비 입에 물고
두 팔을 쫙 벌리고
운동장을 달립니다

윙 윙…, 씌우웅–
나는 비행기입니다
프로펠라 비행기.

–『淸溪文學』제32집. 2021. 봄.

민들레의 한살이

잎을 활짝 펼치고
높이 세운 줄기 끝에
꽃을 피웠던 민들레가

꽃잎을 떨어뜨리고
갓털에 씨앗을 달아
바람에 날려 보낸다

갓털이 다 날아간 뒤
남은 꽃대는 마르고
잎도 점차 시들어간다

제 할 일 다 했다고
마음을 모두 비우고
자신마저 지우고 있다.

– 『문학타임』 제39호. 2021. 가을.

바지 빨래

빨랫줄의 내 바지
가랑이가 흔들린다
걸어가는 것 같다

바람이 불어오니
더 많이 흔들린다
달려가는가 보다

바지 빨래는 좋겠다
공중을 걷기도 하고
달려가기도 하고.

－「自由文學」제119호. 2021. 봄.

밤송이

가시포대기 속에
세 쌍둥이 아기를

꽁꽁 싸서 껴안고
어르고 있습니다.

－『대구아동문학회 연간집』 제62호. 2020.

밤송이와 까치집

밤나무 가지에 까치집이
커다란 밤송이만 같아요

밤송이 같은 까치집에서
밤알 같은 까치 알들이
깨어서 하늘로 날아가요

밤나무 가지에 밤송이는
조그만 까치집들 같아요

까치집 같은 밤송이에서
까치 알 같은 밤알들은
익어서 땅으로 떨어져요.

- 「대구아동문학회」 연간집. 2020.

밤풍경

드높은 밤하늘
구름 섬 사이에
반달 배 혼자서
생각에 잠겨있다

드넓은 바닷가
저문 섬 그늘에
조각배 외로이
조는 듯 떠있다.

– 「대구아동문학회 년간집」 제63호. 2021.

벌들의 나라

엄마가 왕이에요
국민은 형제자매

나라는 가족국가
모두가 일가친척

우애와 근면, 협동이
가훈이고 국법이죠.

－『문화와문학타임』 제36호, 2020.

버려진 인형

마을 쓰레기장에
아기인형이 있었다

누가 버렸을까?
팔이 떨어져 나갔다

어쩌다가
그렇게 다쳤을까

눈물이 그렁해서
나를 쳐다보던 모습이

머릿속을 떠나지 않고
자꾸 눈에 밟힌다

인형을 생각하면
내 팔이 아파 온다.

ー『詩歌흐르는서울』제45호. 2020. 9.

분재

분재식물은
화분의 흙이
한 그릇 밥입니다

화분의 매화는
한 그릇 밥으로
평생을 살아갑니다.

-『現代文學思潮』 제45호. 2020. 겨울.

산과 호수

산을 보니
호수를 안고 있더라

호수를 보니
산을 품고 있더라

산과 호수는
서로 보듬고 살더라.

- 『대산문학』 제2호. 2020. 3.

부처님 미소

절 한 번 하고 보니
입이 슬몃 웃으셨네

절 두 번 하고 보니
눈도 반짝 웃으셨네

삼 세 번 절을 하니
얼굴 가득 웃음이네

참배를 끝내고 나니
웃음을 내게 주시네

부처님의 웃음은 곧
모두가 내 것이었네

법당을 나서는 내가
부처님의 미소였네.

– 한국불교아동문학회 『연간집』 2020. 3.

산길에서는

모여 섰던 나무들이
가는 길을 열어주고

송이가 낙엽 속에서
살며시 갓을 펴든다

도토리는 산비탈을
바쁘게 굴러오는데

다람쥐는 먼발치에서
공손하게 합장을 한다

산길에서는 모두가
그렇게 나를 반겨준다.

-『어린이문학』제122호. 2020. 가을.

산마을 우리 집

산은 가부좌를 하고
마을을 끌어안고

마을은 가슴을 열고
집들을 보듬어 안고

집들은 깃을 펼치고
가족들을 모아 품고

집이란 아늑한 둥지
멧새처럼 내가 산다.

-『대산문학』제2호. 2020. 3.

새 빌딩

집 앞에 새 빌딩이 세워졌다
바깥벽이 모두 유리로 되었다

빌딩 전체가 큰 거울 같다
그 벽에 둘레 풍경이 비췄다

거기에 숲이 들어가 있었다
잘 지었나 돌아보는 모양이다

앞산도 함께 들어가 있었다
빌딩에 세를 들려는 것인가?

새로 세워진 빌딩이라서
모두가 관심이 많은가 보다.

－『現代文學思潮』 여름호. 2020. 4.

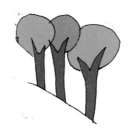

제**5**부 수박 먹기

선생님과 1학년

운동장에서 넘어졌다
무릎이 조금 벗겨졌다

아프지는 않지만
피가 약간 비친다

울까말까 망설이는데
선생님이 달려왔다

그제야 눈물이 났다
앙! 울음을 터뜨렸다.

-『별이 다가왔다』'한국동시문학회' 동시선집. 2020.

선생님을 닮아

형수네 반 아이들은
모두 축구를 잘 한다
담임이 체육선생님이다

지수네 반 아이들은
모두 목소리가 힘차다
담임이 목소리가 크다.

– 「한국동시문학회 까페」 2020. 5. 15.

106

선생님이므로

나이가 많아도
어린이로 살아야 하고

모르는 것이 있어도
다 안다고 해야 하고

억울한 일을 당해도
아닌 체 참아야 한다

저런 사람이 어떻게
선생이냐고 할까 봐.

－『詩歌흐르는서울』 제53호. 2021. 5.

섬과 파도

물뿐인 넓고 먼바다
작은 섬 하나 떠있어
파도가 몰려와서는
철썩철썩 손뼉을 치며
둥개둥개 어르고 있다

물만 있는 먼바다
작은 섬 하나 좋아서
파도가 둘러싸고는
둥실둥실 띄워 주고
철벙철벙 물장구도 친다.

－『어린이문학』 제126호. 2021. 가을.

세대 차이

할머니는 머리를 하러
마을의 파마집에 가고
어머니는 시장 골목의
미용실을 찾아가는데

누나는 시내에 있는
헤어숍으로 갑니다

할머니는 물건 살 때
걸어서 가게에 가고
어머니는 전철 타고
슈퍼마켓에 가는데

누나는 택시를 타고
메가마트로 갑니다.

-『한국문예』 제4호. 2020.
-『꽃들의 가족사진』 2020.

소풍길

잔디밭의 개미들
나란히 줄을 맞춰
일터로 출근 한다

숲속의 꺼병이들
까투리 뒤를 쫓아
먹이 찾아 다닌다

우리는 손을 잡고
선생님 뒤를 따라
즐거운 소풍길이다.

- 『다온문예』 제16호. 초대시. 2021. 봄.

소똥구리

쇠똥덩어리를 커다랗게 뭉쳐
수컷은 앞에서 끌어당기고
암컷은 뒤에서 거꾸로 서서 밀며
집으로 굴리고 가던 쇠똥구리

우리 땅에서는 모두 사라져
몽골에서 200마리를 입양해서
복원센터로 왔다는 소식이다
입양비가 5,000만원 들었단다

사람들이 아기를 낳지 않아서
인구가 급격히 주는 우리나라
앞으로는 아기도 쇠똥구리처럼
돈 주고 사와야 될까 걱정이다.

*복원을 위해 몽골에서 사온 쇠똥구리(2018년).
– 전북 표현문학회 『表現』 제78호. 2021. 봄.

수면제

책상에 앉아서
숙제장만 펴놓으면
금방 잠이 소르르 온다

잠이 오지 않아
괴롭다는 할머니께
내 숙제를 드리고 싶다.

–『어린이문학』제126호. 2021. 가을.

수박 먹기

수박을 먹으면서
땅덩이를 생각한다

수박의 줄무늬는
땅의 푸른 산줄기다

수박의 속살은
땅속 붉은 용암이다

우리는 수박을 먹듯
땅덩이를 먹고 산다.

- 「한국문예」 제6회 시화전(온라인). 2021. 2.

시간은

해시계에서는
그림을 그리더니

물시계에서는
다이빙을 한다

추시계에서는
그네를 뛰더니

전자시계에서는
숫자놀이를 한다.

－「淸溪文學」 제32호. 2021. 봄.

아버지는 농부

아버지를 불러보면
논과 밭이 펼쳐지고

다시 한 번 불러보면
푸른 산이 다가오고

세 번을 거듭 부르니
온 누리가 아버지네.

-『淸溪文學』제30호. 2020. 가을.

아까시 꽃전

엄마가 따온 아까시 꽃
달큼한 꿀 냄새가 난다

바구니에 담아 놓으니
하얀 옥수수 튀밥 같다

엄마는 밀가루 반죽으로
아까시 꽃전을 부쳤다

고소하고 달큼한 냄새에
침이 꼴깍꼴깍 넘어갔다

예쁜 모양으로 눈이 즐겁고
고운 향기로 코가 기쁘고
좋은 맛으로 입이 행복한 꽃

엄마가 따온 아까시 꽃은
우리 집에 웃음도 가져왔다.

– 문학세계 『하늘비 산방』 제11호. 2020.

아침 선생님

아침 해가 동산 위에
웃으면서 떠오르면
집집마다 대문이 열리고
아이들이 학교로 갑니다

저만큼 학교 운동장에서
태극기가 손짓을 하고
선생님은 현관에 나와
기다리고 있습니다

아이들은 두 팔을
바람개비처럼 휘돌리며
'선생님!' 하고 뛰어갑니다.

- 『한국창작문학』 2021. 여름.

여름 낮 길이

더위에 맥이 풀려서
해님도 쉬엄쉬엄 가요

해님 걸음이 더디니
여름은 낮이 길어요.

– 『한국문예』 제4호 초대시. 2020. 10.
– 『어린이문학』 제122호. 2020. 가을.

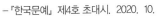

여름이란

해를 불가마로 쓰는
초대형 찜질방이어요

모두 공짜로 즐기는
24시간 사우나에요.

- 『詩歌흐르는서울』 제43호. 2020. 7.

제**6**부 할머니와 농장

우레

구름 속에서
빛을 번쩍이며
소리치는 우레는

깜깜한 밤에
눈에 불을 켜고
포효하는 호랑이

하늘과 땅을
단숨에 삼킬 듯
으릉대고 있다.

− 『詩歌흐르는서울』 제54호, 2021. 6.

일식집 어항

일식집 어항의 금붕어들은
조리실 요리사의 손에서
회가 되는 생선들을 보고
어떤 생각을 하고 있을까

회칼이 생선 배를 가를 때면
칼날이 자기 배로 들어오고
생선이 토막으로 잘릴 때는
자기가 도마 위에 누워서
두 동강 나는 것만 같겠지

어항 속 물풀이 몸을 흔들어
그런 금붕어들 등을 슬어주며
조용조용히 위로해 주고 있다

"저 생선들은 본디 사람에게
회로 먹히기 위한 것이고,
너희는 보이기 위한 것이니,
저렇게 되는 일은 없단다."

"그게 참말이냐, 정말이지?
그렇다면 더 예뻐져야겠네."

어항의 금붕어들은 그래서
더 예쁜 모습으로 보이려고
고운 색깔무늬의 옷을 입고
귀여운 몸짓으로 춤을 춘다.

-『사상과문학』 2021. 여름.

죽순

대나무 숲속에
숨겨놓은 미사일을

어느 누가 갑자기
발사 명령을 했나

순식간에 치솟더니
공중 폭발을 했다

사방으로 퍼지는
대나무 푸른 잎새.

– 『詩歌흐르는서울』 제52호. 2021. 4.

지구온난화

끝없는 천공은 영하 수백도
별들의 온도는 영상 수천도
우주는 그만큼 춥고 뜨거운데

지구만은 살기 알맞은 온도
식물과 동물과 사람 모두를
사랑으로 품어 주는 초록별

지구가 온난화 되고 있다
별처럼 뜨거워지게 된다면
우리는 모두 어떻게 될까?

-『아동문예』 제447집. 2021. 여름호.

진짜 속마음은

밥투정하는 동생에게
먹지 말고 쫄쫄 굶어라 하고

귀여운 아기를 보고는
어쩜 요렇게도 미울까 하고

우유 쏟은 고양이에게
아유, 예쁜 짓 했구나 해요

이러시는 우리 할머니
진짜 속마음은 무엇일까요.

-『淸溪文學』제33집. 2021. 여름.

진짜 시원한 것은

선풍기 바람도 시원하고
뜨거운 목욕물도 시원하고
상큼한 음료수도 시원하고
얼큰한 장국도 시원하다니

시원하다는 할아버지 말씀
진짜 무슨 뜻인지 궁금해요.

아픈 팔 주물러도 시원하고
가려운 곳 긁어도 시원하고
머리를 감고 나도 시원하고
오줌을 누고서도 시원하다니

이 중에 정말 시원한 것은
어떤 경우인지 모르겠어요.

눈에 맞는 안경도 시원하고
막힌 코가 트여도 시원하고
체한 것 내려가도 시원하고
앓던 이 빼고도 시원하다니

시원하다고 하는 것 중에서
정말 시원한 건 무엇일까요.

– 『PEN국학』 제161호. 2021. 5.6.

채찍질

움직이면 살지만
멈춰 서면 죽는다

채찍질하면 살지만
그냥 두면 죽는다

우리도 팽이 같다
채찍이 필요하다.

-『어린이문학』 제126호. 2021. 가을.

추운 날

햇살도
몸을 쪼그리고
양달 맡으로 모이고

바람도
두 손을 불면서
옷깃을 파고드는데

나는
허리를 웅크리고
번데기가 되어가요.

-『강서문학』제33호. 2021. 겨울.

텔레비전

리모콘은 열쇠
텔레비전은 문입니다

열쇠로 문을 열면
세상이 다 열립니다.

－『새바람아동문학』 제32집. 2020.

할머니와 길고양이

며칠 동안 찾아다녔던
귀염둥이 길고양이를
어제 공원에서 만났다며
기뻐하시던 할머니

"오늘도 거기에서
만났으면 좋을 텐데."

아침이 밝기가 바쁘게
손자 도시락을 준비하듯
길고양이 먹이를 챙기시는
할머니 손길이 바쁘다

"길고양이야!
할머니가 가실 테니
꼭 기다리고 있어 줘."

나는 마음속으로
가만히 속삭였다
길고양이를 떠올리며.

– 「대구아동문학회」 연간집. 2020.

할머니의 농장

물방개가 자맥질을 하는
조그만 미나리깡이 있고
소인국에서나 있을 법한
정자와 물레방아도 있어요

맛있는 채소인 부추와 상추에
볼거리로 심은 꽃과 보리까지
할머니가 가꾸는 농장이에요

우리 식구는 그 밑에 살며
다락방 계단으로 올라다니는
할머니의 옥상 농장이에요.

─ 『한국창작문학』 제22호. 2021. 봄.

할머니의 착각 ⑴

할머니는 정신이 흐려서
자꾸만 착각을 하신다

"명이야, 날씨가 더우니까
햇볕이 너무 뜨거워진다."

"아니에요. 햇볕이 뜨거워
날씨가 더워지는 거예요."

"내 말이 그 말이야
해도 더위에 열 받겠다."

할머니는 선풍기도
바람이 돌린다고 하신다

"봐라, 바람이 세니까
선풍기가 잘 돌아가잖아."

"선풍기가 잘 돌아서
바람이 센 거예요."

"내 말이 그 말이야
선풍기가 어지럽겠다."

– 『꽃들의 가족사진』에 수록한 것.
– 『어린이문학』 제124호. 2021. 봄호에 재발표.

할머니의 착각 (2)

할머니는 전기방석을
무릎에 덮고 있어요

"할머니, 전기방석은
깔고 앉는 거예요."

"깔고 앉아 짓누르면
전기가 못 통하잖아."

할머니는 전깃줄은
똑바로 펴라고 해요

"할머니, 전깃줄은
구부러져도 괜찮아요."

"전깃줄이 접어지면
전깃길이 막히잖아."

-『어린이문학』제124호, 2021. 봄.

풀의 작전

바람이 억세면
머리를 숙입니다

소나기가 세차면
허리를 굽힙니다

굴복이 아닙니다
살려는 작전입니다

줄기가 약한 풀은
꺾어지지 않으려고

비바람 눈서리에는
스스로를 낮춥니다.

-『문학타임』제38호. 2021. 여름.

해의 땔감

불은 땔감이 있어야 탄다

해는 둥근 불덩어리라는데
언제나 꺼지는 일이 없다

땔감은 누가 대주고 있을까

– 『아동문예』 제447집. 2021. 여름호.

아침마중 동시문학 031

밤송이와 까치집

초판 1쇄 · 2021년 11월 1일

지은이 · 김종상
그린이 · 김유경
펴낸이 · 안종완

편집장 · 박옥주
편집부 · 김승현

펴낸곳 · 도서출판 아침마중
등록번호 · 제2011-29호
등록일 · 2011년 11월 22일

주　소 · (우)01446 서울특별시 도봉구 도봉로 109길 78
전　화 · 02-995-0071~3, 02-995-1177
팩　스 · 02-904-0071
이메일 · adongmun@naver.com
홈페이지 · www.adongmun.co.kr

ISBN 979-11-86867-63-1   73810